Ali Baba et les quarante voleurs

et autres contes des *Mille et Une Nuits*

Adaptation de **Fiona Waters**
Traduction de **Michelle Nikly**

Illustration de couverture
Sébastien Mourrain

MAGNARD

QUE D'HISTOIRES !
CM1

Sommaire

Les textes de ce recueil sont disponibles en version album, illustrée, sous le titre* Nuits d'Orient*, aux éditions Albin Michel.

« Que d'histoires ! » CM1
animée par Françoise Guillaumond

Conception graphique :
Valérie Goussot et Delphine d'Inguimbert

5, allée de la 2e DB - 75015 Paris
www.magnard.fr

Comment Shéhérazade commença les contes

Le roi Shahriyar vivait dans un somptueux palais, avec des cours ombragées et des tours innombrables qui pointaient vers le ciel ; il passait ses journées à gouverner son royaume, après quoi il buvait du jus de fruits glacé, au son de la musique, en compagnie de sa ravissante épouse ; elle avait de longs cheveux noirs qui dégringolaient dans son dos jusqu'au sol, et son visage à l'ovale parfait était pâle comme la lune. Shahriyar la chérissait plus que tout au monde.

Un jour fatal, Shahriyar décida de rendre visite à son frère Shahzaman. Il dit adieu à son épouse et, après s'être penché pour l'embrasser, il rabattit son voile sur son visage afin qu'aucun homme autre que lui ne puisse contempler sa beauté. Shahriyar franchissait juste les portes de la ville lorsqu'il se souvint qu'il avait oublié le cadeau de son frère :

un recueil de contes merveilleux, un ouvrage rare, relié en cuir. Shahriyar adorait les contes (cela est important pour la suite). Il se hâta donc de retourner au palais. Quelle ne fut pas sa colère lorsqu'il aperçut son épouse, le voile relevé, en train de bavarder avec le chef des archers royaux. Pire, le chef des archers royaux lui tenait la main !

Saisi d'une rage aveugle, Shahriyar plongea son poignard dans le cœur de son épouse, après quoi il fit subir le même sort au chef des archers royaux. « Que les serviteurs viennent enlever le corps de mon épouse infidèle et celui du chef des archers royaux », hurla-t-il, et le grand vizir vit que ce n'était pas le moment de demander ce qui s'était passé.

Le roi fut submergé par le chagrin. Il avait tant aimé sa ravissante épouse, avec son visage parfait, aussi pâle que la lune, qu'il ne pouvait supporter d'avoir été trompé. Une grande amertume occupait maintenant son cœur, là où auparavant il n'y avait que tendresse et amour.

Pendant des jours et des jours le souverain resta à ruminer, puis il convoqua le grand vizir :

« Je désire me remarier, déclara-t-il d'une voix forte.

– Très noble roi, voilà une nouvelle fort réjouissante ! s'écria le grand vizir.

– Idiot ! Il n'y aura pas de réjouissances pour ce mariage, ni pour le suivant, ni pour le suivant ! dit Shahriyar. Je me marierai pour un jour seulement. Au matin, le bourreau royal emmènera mon épouse pour l'exécuter, avant que je tombe amoureux d'elle. Et l'après-midi, je prendrai une autre épouse. »

C'était un terrible plan, et le grand vizir ne sut que dire. Il resta immobile, à trembler dans ses babouches.

« Eh bien, qu'est-ce que tu attends ? gronda Shahriyar. Va, et ramène-moi ma première épouse. »

Le grand vizir demeura en tremblotant derrière la porte. Mais que faire, sinon obéir au terrible commandement du roi ?

Il en fut donc ainsi pendant deux longues et épouvantables années : chaque jour, le roi se mariait et, le lendemain matin, le bourreau royal emportait une jeune fille sanglotante. Les fiancées devinrent de plus en plus difficiles à trouver, et dans la cité régnaient la tristesse et le silence. Vint le jour où il n'en resta plus qu'une – et c'était Shéhérazade, la propre fille du grand vizir. Le cœur brisé, celui-ci conduisit sa fille à la cérémonie des noces, puis la laissa avec Shahriyar. « Mon seigneur, voulez-vous que je vous raconte une histoire pour vous apaiser avant de dormir ? » demanda Shéhérazade d'une voix douce et musicale. Le roi hocha la tête et ferma les yeux.

« Alors écoutez, ô roi, l'histoire d'Ali Baba et des quarante voleurs. Il était une fois, dans une vieille cité persane, deux frères... » et Shéhérazade continua ainsi toute la nuit. Mais alors que le soleil se levait, elle s'arrêta au beau milieu d'une phrase. « Ne t'arrête pas, je veux entendre la fin de l'histoire », dit Shahriyar en colère.

Mais Shéhérazade savait très bien que Shahriyar aimait tant les histoires qu'il ne pourrait pas supporter de ne pas connaître la fin du conte. Et comme elle tenait à rester en vie, elle se contenta de sourire gracieusement au roi qui fulminait : « Mon seigneur, c'est le matin. Vous devez vous occuper des affaires du royaume, dit-elle calmement.

– Bon, très bien, dit impatiemment Shahriyar, en congédiant le royal bourreau. Tu finiras le conte ce soir, mais demain je te ferai exécuter. »

Shéhérazade s'inclina en silence. Et lorsque les étoiles furent à nouveau dans le ciel, elle entra dans les appartements du roi et commença à raconter.

Et voici donc l'histoire d'Ali Baba et des quarante voleurs.

Ali Baba et les quarante voleurs

Il était une fois, dans une vieille cité persane, deux frères. Kassim, l'aîné, avait épousé une femme fort désagréable, pour la seule raison qu'elle était très riche. Kassim devint gros et paresseux, et sa femme de plus en plus revêche. Le plus jeune, Ali Baba, était bûcheron, et il ne ressemblait pas du tout à son paresseux de frère. Il avait épousé une jolie et aimable jeune fille, et ils eurent un fils qu'ils appelèrent Ahmad. Une jeune orpheline, Morgiana, vivait avec eux pour les aider, et ils la considéraient comme un membre de la famille. Ali Baba travaillait sans relâche pour subvenir aux besoins des siens et leur assurer un confort suffisant. Le gros Kassim et sa désagréable épouse auraient bien pu aider Ali Baba à s'acheter un nouvel âne ou à réparer le toit à l'occasion, mais ils étaient trop avares pour y songer une minute.

Un jour, Ali Baba partit couper du bois près d'un énorme rocher, dans une partie de la forêt qui ne lui était pas familière. C'était un endroit retiré, aussi, lorsqu'il entendit le galop d'un troupeau de chevaux venant dans sa direction, il décida aussitôt qu'il ne gagnerait sans doute rien à être découvert, seul, dans un tel lieu. Il cacha ses ânes derrière un fourré et grimpa dans un grand arbre où il se dissimula dans le feuillage épais. À peine s'était-il caché qu'une bande de brigands à la mine patibulaire arriva devant le rocher. Ils étaient armés jusqu'aux dents de dagues et de longs cimeterres recourbés, et ils portaient de grandes capes noires. Ali Baba en avait compté trente-neuf, lorsqu'arriva au galop, sur un cheval noir hors d'haleine, un homme qui était manifestement leur chef. Tous les chevaux étaient lourdement chargés, et les hommes, ayant mis pied à terre, déposèrent leurs sacoches pleines à craquer au pied de la roche.

Puis le capitaine s'avança jusqu'au rocher. D'une voix terrible il cria : « Sésame, ouvre-toi ! » et, sous les yeux stupéfaits d'Ali Baba, une brèche immense s'ouvrit dans l'épaisseur de la pierre. Les hommes s'y engouffrèrent et, lorsqu'ils furent tous à l'intérieur, le capitaine entra à son tour et cria : « Sésame, ferme-toi ! », et ce fut comme s'ils n'avaient jamais été là. Le rocher était aussi lisse qu'auparavant. Les genoux d'Ali Baba tremblaient. Pensant que le féroce capitaine ne montrerait aucune pitié à son égard s'il était découvert, il décida de rester caché, priant pour que ses ânes se tinssent tranquilles. À son grand soulagement, le rocher s'ouvrit à nouveau et les hommes sortirent, leurs sacoches vides à la main. Ils remontèrent à cheval, et toute la bande s'enfuit au galop aussi bruyamment qu'elle était arrivée. La poussière retomba, et le silence s'installa à nouveau dans la forêt.

Après avoir attendu qu'ils soient fort loin, Ali Baba descendit de l'arbre et courut voir ses ânes. Mais sa curiosité fut la plus forte. Que pouvait-il bien y avoir dans cette caverne ? Il marcha avec précaution vers le rocher. Sa paroi était aussi lisse que du marbre, et il ne put apercevoir la moindre fissure révélant une ouverture. « Il y a de la magie là-dessous, se dit-il, mais le capitaine n'a eu qu'à prononcer le nom d'une graine dont ma femme se sert pour faire des gâteaux », et il chuchota en tremblant : « Sésame, ouvre-toi, s'il te plaît. » À sa grande stupéfaction, la porte s'ouvrit dans un calme roulement. «Je vais juste jeter un coup d'œil », se dit-il en entrant dans la grotte.

Lorsque ses yeux se furent habitués à la lumière ténue qui filtrait à travers les fentes du plafond, Ali Baba eut le souffle coupé par la vision qui s'offrait à lui. Ce n'était pas une caverne lugubre et vide, mais une véritable chambre aux trésors. D'immenses coffres débordaient de plats et d'assiettes d'or et d'argent, ainsi que de pots et de gobelets finement ouvragés. Des pierres précieuses, rubis, émeraudes et saphirs, envoyaient leurs reflets irisés sur les parois du rocher, et des rangs de perles brillaient comme de minuscules lunes. Des sacs remplis de pièces se déversaient sur le sol, des colliers de diamants et des couronnes délicatement ciselées étaient entassés n'importe comment.

Des rouleaux de soies précieuses et de brocarts étaient éparpillés çà et là, et des tapis de grande valeur étaient roulés et appuyés contre les murs.

La grotte était sans aucun doute l'entrepôt des voleurs depuis plusieurs générations.

Ali Baba resta un moment sans voix, puis il rassembla ses esprits. « Allah soit remercié, je vais désormais pouvoir faire vivre ma famille pour les années à venir ! Mais je dois me hâter avant le retour des voleurs », murmura-t-il. Le plus difficile était de choisir ! Ali Baba décida que le plus sûr était d'emporter quelques sacs de pièces d'or. Personne n'y prêterait attention s'il prenait soin de dépenser une pièce de temps à autre. Aussi prit-il deux petites bourses remplies d'or dans un grand sac qui se trouvait tout au fond de la grotte (ainsi, on ne remarquerait pas qu'elles manquaient) et il referma la porte de pierre derrière lui en disant :

« Sésame, ferme-toi ! » Après quoi, il rentra chez lui.

Ali Baba bouillait d'impatience : il avait hâte de raconter à son épouse son aventure dans la grotte, avec les voleurs et les sacs d'or. Elle fut, bien sûr, enchantée en entendant son récit, mais, lorsqu'elle vit les pièces d'or s'échapper des bourses, elle s'inquiéta.

« Cela représente bien trop d'argent pour que nous le laissions traîner, Ali Baba ! Nous devons en garder un peu avec nous et enterrer le reste sous notre maison. Je vais aller emprunter une mesure à notre belle-sœur pour que nous sachions combien nous en avons caché, dit-elle.

– Tu es la plus sage des femmes, sourit Ali Baba, mais ne t'avise pas de lui révéler la raison pour laquelle nous voulons la mesure ! »

L'épouse de Kassim, souvenez-vous, était une femme très désagréable. En plus d'être désagréable, elle était curieuse et avare. Si curieuse qu'elle ne put s'empêcher de se demander ce qu'Ali Baba pouvait bien posséder en telle quantité qu'il lui fallait le mesurer. Alors elle colla un petit morceau de cire sous le fond de la mesure, avant de la donner à sa belle-sœur.

Lorsqu'elle fut de retour chez elle, la première chose que fit la femme d'Ali Baba fut de poser la mesure sur le gros tas étincelant de pièces – et ce fut ainsi que leur secret fut découvert ! Ali Baba et sa femme pesèrent tout l'or et, après l'avoir soigneusement enfoui, allèrent rendre la mesure à la femme de Kassim. Imaginez sa rage lorsqu'elle découvrit une pièce d'or collée dessous ! Elle courut voir son mari et lui dit qu'à coup sûr Allah les dédaignait, car pourquoi Ali Baba et sa famille seraient-ils en possession d'une telle richesse et pas eux ? Au lieu de se réjouir pour son frère, Kassim en devint vert de jalousie, et il se précipita aussitôt chez Ali Baba. « Espèce de traître méprisable ! Comment oses-tu me tenir à l'écart d'un tel secret ! hurla-t-il. Dis-moi immédiatement comment tu as pu entrer en possession d'une telle quantité d'or, qu'il te faut une mesure pour le compter ! » Et Kassim menaça d'aller raconter à tout le monde que son propre frère était un voleur, si Ali Baba ne lui révélait pas l'origine de sa fortune.

Ali Baba lui avoua tout. « Mais si nous faisons attention, les voleurs ne sauront jamais que leur secret a été découvert, et nous vivrons confortablement pour le restant de nos jours », conclut-il.

Cependant, Kassim était bien décidé à se tailler la part du lion. Le lendemain matin, il se mit en route pour la grotte avec vingt ânes, chargés chacun de deux paniers vides. Quand il fut face au rocher, il cria de toutes ses forces : « Sésame, ouvre-toi ! », et le rocher s'ouvrit.

Kassim ne put en croire ses yeux avides quand il vit les sacs de pièces, les bracelets, les gobelets, les rangs de perles, les soies et les brocarts. Il cria à la porte : « Sésame, ferme-toi ! », de façon à ne pas être dérangé, et commença à rassembler de gros tas pour les emporter. Et tout le temps il murmurait : « Vingt ânes ? Ha, ha, ha ! Il me faudrait cent ânes : j'aurais tôt fait de vider la place », et il continua de délirer de la sorte tout en parcourant la grotte en suant et en haletant, car, je vous l'ai dit au début, il était très gros. À peine avait-il dégagé une fabuleuse couronne en argent qu'il apercevait un magnifique plateau en or et jetait la couronne de côté. Quand il eut fini de remplir ses quarante paniers, il fut soudain saisi de terreur : il avait oublié la formule qui permettait de rouvrir la porte.

« Orge, ouvre-toi ! » essaya-t-il.

Mais la porte ne bougea pas.

« Froment, ouvre-toi ! »

« Millet, ouvre-toi ! »

La porte restait désespérément fermée.

Alors Kassim commença à trembler de la tête aux pieds, car il entendait, à l'extérieur, des bruits de sabots. Les voleurs étaient de retour !

« Sésame, ouvre-toi ! » rugit une terrible voix. La porte s'ouvrit, et Kassim se trouva face au capitaine, avec son cimeterre étincelant à la main et sa bande de brigands derrière lui. Les voleurs éclatèrent de rire à la vue de ce piètre cambrioleur, et ils le taillèrent aussitôt en six morceaux. Ainsi périt Kassim.

Puis ils vidèrent les paniers de l'infortuné et s'assurèrent qu'il ne manquait rien d'autre dans la grotte. Bien sûr, ils ne remarquèrent pas les quelques pièces d'or qu'Ali Baba avait prises, et furent rassurés à la pensée que seul Kassim connaissait le secret de leur caverne. Ils partirent aussi rapidement qu'ils étaient arrivés, mais ils laissèrent le corps de Kassim derrière eux comme avertissement, au cas où un autre fou serait tenté de voler leur trésor.

Pendant ce temps, la femme de Kassim attendait à la maison, se voyant déjà parée des fabuleux colliers et bagues que son époux lui avait promis. Mais, le soir venu, elle pensa que peut-être il était arrivé quelque chose ; aussi, elle se rendit chez Ali Baba et lui demanda d'aller chercher son frère. Ali Baba prit un âne et partit dans la forêt à la recherche de Kassim. Il ne fut pas long à découvrir la terrible vérité, et il pleura son frère, tout cruel et sans cœur qu'il avait été de son vivant.

« Le moins que je puisse faire pour toi est de te donner une sépulture décente, mon frère », pleura Ali Baba en enveloppant du mieux qu'il pouvait Kassim dans une vieille cape qu'il avait trouvée derrière la caverne. Bien sûr, Ali Baba réalisait parfaitement qu'en enlevant le corps de Kassim il faisait savoir aux voleurs que quelqu'un d'autre connaissait leur secret, mais il ne pouvait pas le laisser là. Il rentra tristement chez lui.

Mais comment organiser les funérailles sans que des questions embarrassantes soient soulevées ? Dans la cité, on n'avait pas coutume d'enterrer les défunts dans un cercueil : on les enveloppait dans des tissus soyeux – ce qui était hors de question pour un corps en six morceaux. Ce fut Morgiana qui, pleine de ressources, trouva la solution. Dans le bazar, il y avait un pauvre vieux cordonnier, Baba Moustafa, réputé pour la finesse de son travail de couture. Morgiana alla en toute hâte au bazar, et quand elle eut trouvé Baba Moustafa, elle le prit à part et lui glissa dans la main l'une des pièces d'or de la caverne. «Il y en a bien davantage là d'où elles viennent, ô le plus excellent des cordonniers ! Mon maître a grand besoin de vos services, pour une tâche qui doit être accomplie avec délicatesse et dans le plus grand secret. »

Le cordonnier posa les babouches qu'il était en train de coudre et se laissa bander les yeux. Morgiana l'amena en toute hâte chez Ali Baba. Quand il vit ce qu'on attendait de lui, Baba Moustafa leva les sourcils jusqu'à son turban, mais une autre pièce d'or eut tôt fait de le convaincre de sortir son aiguille et de se mettre à l'ouvrage. Lorsqu'il eut fini sa tâche hors du commun, Morgiana lui banda de nouveau les yeux et le reconduisit au bazar. Recousu ainsi en un seul morceau, Kassim fut enterré dans les règles, et Ali Baba retourna au travail, se gardant bien de s'approcher si peu que ce fût de la caverne dans la forêt.

Mais, naturellement, les voleurs découvrirent bientôt que leur secret n'était pas mort avec Kassim. Quand ils s'aperçurent que le corps s'était envolé, ils furent non seulement furieux, mais aussi perplexes. Qui, en effet, pouvait être assez fou pour emporter un cadavre et laisser tous les trésors ?

Le capitaine décida de s'aventurer dans le bazar, déguisé en marchand, pour voir si quelqu'un avait entendu parler d'un corps en six morceaux. Par la plus grande des malchances, la première personne à qui il s'adressa fut Baba Moustafa, assis en tailleur dans son échoppe, en train de coudre une paire de babouches dorées.

« Tu dois avoir de très bons yeux pour coudre à si petits points, dit le faux marchand.

– Certes, Allah est plein de bonté envers moi, sourit Baba Moustafa. Il m'a donné une vue exceptionnelle. Mais je peux faire mieux que ces petites babouches. Récemment, on m'a demandé de raccorder les six morceaux d'un cadavre !

– Comme c'est curieux, murmura le faux marchand, un éclair de triomphe dans les yeux. Et où as-tu accompli ce chef-d'œuvre ?

– J'avais les yeux bandés, aussi je n'en sais rien, répondit Baba Moustafa. Mais il y avait des senteurs si fortes que ce devait être près du marché aux épices.

– Je suis sûr que tu serais capable de retrouver le chemin. J'aimerais beaucoup voir la maison où un fait aussi remarquable s'est déroulé », dit le marchand.

Ainsi, en mêlant flatterie et corruption (car le capitaine avait pris la précaution de montrer à Baba Moustafa le lourd sac d'or qui pendait à sa ceinture), le voleur réussit à entraîner le cordonnier dans les rues étroites qui entouraient le bazar. Parfois le sort est bien cruel et, ce jour-là, il n'était pas en faveur d'Ali Baba, car, après plusieurs fausses routes, Baba Moustafa conduisit le capitaine directement chez lui !

« C'est ici, s'écria triomphalement Baba Moustafa, j'ai remarqué que la troisième marche de l'escalier était cassée. » Le capitaine donna à Baba Moustafa plusieurs pièces d'or. Ce dernier pensa aussitôt qu'il devrait s'installer en tant que couseur de cadavres, tant cela se révélait profitable. Lorsqu'ils se séparèrent, le capitaine nota avec soin l'emplacement de la maison.

Le soir, en rentrant chez lui, Ali Baba vit un homme à la longue barbe blanche qui remontait la rue avec une rangée d'ânes. Chacun des ânes charriait deux grosses jarres à huile. En passant près de la maison d'Ali Baba, l'homme s'inclina respectueusement et lui dit : « Honoré Maître, je suis marchand d'huile et je cherche un toit pour la nuit. Si, dans votre extrême bonté, vous aviez l'amabilité de me loger, Allah déverserait sans aucun doute un flot de bénédictions sur votre tête. »

Ali Baba, naturellement, accueillit l'homme sous son toit, et ils furent bientôt assis devant un excellent souper. Le marchand semblait avoir eu une vie passionnante et avoir voyagé dans de nombreux pays de légende. Tous ses beaux discours éveillèrent cependant les soupçons de Morgiana et, lorsque le marchand sortit pour aller voir ses ânes dans la cour, elle le suivit et se cacha dans la pénombre. Elle le vit aller vers chacun des ânes tour à tour et murmurer : « Quand je frapperai sur le couvercle, tenez-vous prêts ! » Puis il retourna dans la maison et régala Ali Baba de nouvelles histoires passionnantes. Morgiana rentra préparer le café, en se demandant ce que l'étranger mijotait.

Soudain, la lampe de la cuisine s'éteignit. Elle avait oublié de racheter de l'huile pour la mèche, mais elle pensa aux jarres du marchand. Elle courut dehors avec une louche, et, ouvrant la première jarre, elle se prépara à en soutirer un peu d'huile. La frayeur faillit lui faire lâcher sa louche lorsqu'elle entendit une voix basse dire : «C'est le moment, capitaine ? » et une silhouette commencer à se déplier. Elle comprit immédiatement : dans chacune des jarres se cachait l'un des trente-neuf voleurs ! Elle décida de garder sa découverte pour elle. « Pas encore ! » répondit-elle d'une voix aussi grave que possible, et elle repoussa le voleur à l'intérieur du récipient. Elle vérifia chacune des jarres ; seule la dernière contenait de l'huile. Elle s'éclipsa.

Morgiana servit le café à Ali Baba et au voyageur aux beaux discours, qui, bien sûr, n'était autre que le capitaine des voleurs. Elle retourna dans la cuisine et mit sa plus grosse marmite sur le feu. Elle ramena de la cour la jarre qui contenait de l'huile et la versa entièrement dans la marmite. Dès que le liquide fut chaud, elle transporta la marmite bouillante dans la cour. Avec précaution, elle ouvrit chacune des jarres et versa prestement de l'huile bouillante sur chacun des brigands. Ainsi périrent les trente-neuf voleurs !

Mais Morgiana n'en avait pas encore fini. À pas de loup, elle se glissa dans sa chambre et enleva ses vêtements de tous les jours. Elle se drapa dans plusieurs écharpes et mit ses plus belles pantoufles de cuir écarlate. Enfin, elle glissa un petit poignard sous l'une des écharpes. Vous pouvez vous imaginer la surprise d'Ali Baba lorsqu'il vit sa servante entrer en virevoltant dans la pièce où il prenait le café avec le marchand ! Morgiana commença à parcourir la pièce en dansant, tandis qu'Ali Baba se demandait quelle mouche l'avait piquée. Elle tournoyait, ses écharpes flottant derrière elle, s'approchant de plus en plus du marchand d'huile, qui semblait ravi. Soudain, elle fondit sur lui et lui plongea son poignard dans le cœur.

Ali Baba bondit, horrifié. « Morgiana, qu'as-tu fait ? » hurla-t-il. Sa femme et Ahmad accoururent. Quel spectacle ! Morgiana tenait le poignard ensanglanté à la main, Ali Baba s'arrachait les cheveux, et le cadavre de l'homme gisait à terre ! Morgiana se pencha et arracha la barbe blanche postiche, démasquant ainsi le capitaine des voleurs. « Ô toi, la plus avisée des femmes, que les remerciements pleuvent sur toi ! cria Ali Baba. À coup sûr, nous sommes bénis pour t'avoir accueillie sous notre toit. Sans ta sagesse et ta perspicacité, nous serions tous morts dans notre lit », et il continua ainsi, encore et encore (il faut dire qu'il avait eu une frayeur épouvantable).

Le lendemain matin, avant le lever du jour,

Ali Baba conduisit les ânes, chargés de leurs jarres et d'un gros paquet (c'était le capitaine), au sommet d'une immense falaise qui surplombait une rivière au courant tumultueux. Là, il fit rouler les jarres et le gros paquet dans le vide, et c'est ainsi que finirent les quarante voleurs.

De longues, longues lunes plus tard, il retourna à la caverne. L'herbe avait poussé devant l'entrée, personne n'était venu là depuis longtemps. Les années passant, il allait y prendre un peu d'or de temps en temps, juste ce dont il avait besoin. Ali Baba et sa famille, et avec eux la perspicace Morgiana, vécurent de nombreuses années dans une confortable aisance. Mais ils furent toujours prêts à accueillir des voyageurs épuisés – à condition que Morgiana les ait approuvés, bien sûr.

L'homme qui vola de la vaisselle d'or

Dans l'ancienne cité de Bagdad vivait un riche marchand du nom de Ja'afar. Il habitait une belle demeure avec des cours de marbre ombragées où étaient étalés de magnifiques coussins de soie et où une eau fraîche et limpide coulait dans des bassins parfumés. Ja'afar avait plusieurs femmes, très belles, et une quantité d'enfants joyeux, et il était fort satisfait de son sort. Mais, hélas, le destin peut parfois basculer de manière cruelle ! Un jour fatal, Ja'afar apprit que toutes ses caravanes de chameaux avaient été perdues corps et biens dans le désert, que ses marchands s'étaient enfuis et que ses coffres étaient complètement vides. Ja'afar décida d'aller se mettre lui-même en quête d'un travail. Il se revêtit d'une vieille robe, qui avait appartenu à son second jardinier, et partit avec la ferme intention de ne revenir qu'une fois qu'il aurait refait fortune.

Il erra durant de longs mois, jusqu'au jour où il atteignit une cité aux hauts murs et aux portes majestueuses. Le manque de nourriture l'avait affaibli, il était d'une saleté repoussante, et la défroque du second jardinier était en loques.

Comme il parcourait les rues, sans but, Ja'afar s'aperçut que tout le monde se hâtait dans la même direction. Sa curiosité éveillée, il se joignit à la foule. Bientôt, il se trouva devant l'entrée d'un grand palais. Il se sentait si pauvre et si miteux qu'il tenta de faire demi-tour, mais la foule était si compacte qu'il fut entraîné malgré lui ; il passa la porte d'or et pénétra dans une vaste pièce tendue de riches tapis aux couleurs vives et éclairée par de nombreux chandeliers étincelants. Ja'afar regarda autour de lui, comme ensorcelé. De grands soleils d'or et des lunes d'argent flottaient au-dessus de sa tête, suspendus au plafond bleu de nuit et, dans le sol de marbre noir, se reflétait la lueur des bougies. Des jeunes filles aux yeux sombres jouaient sur des flûtes d'argent, et des serviteurs passaient des plats de dragées à tous les invités.

Puis Ja'afar vit un courtisan splendidement vêtu, qui tenait en laisse quatre chiens de chasse au poil luisant, avec des manteaux soyeux et des colliers d'or autour du cou. Chaque chien avait son propre tapis brodé de glands, et sur chaque tapis était posée une assiette d'or, pleine de morceaux de viande au parfum délicat. Le pauvre Ja'afar passa sa langue sur ses lèvres fendillées, tandis que son estomac gargouillait. L'un des chiens regarda droit dans sa direction et avança délicatement la patte, poussant l'assiette d'or vers lui, ses grands yeux bruns rivés aux siens. On aurait dit qu'il offrait sa nourriture à Ja'afar. Celui-ci regarda par-dessus son épaule, mais tout le monde était bien trop occupé pour remarquer quoi que ce fût, aussi il accepta l'offre généreuse du chien et commença à manger. Il prit soin d'en laisser un peu pour l'animal, mais de nouveau la noble créature poussa le plat vers Ja'afar, qui le finit. Il s'inclina devant le chien et allait partir, lorsque pour la troisième fois le chien poussa l'assiette vers lui. Il réalisa que l'animal désirait qu'il prît aussi la vaisselle d'or. Il l'enveloppa dans ses haillons et quitta le palais et la ville aux hauts murs et aux portes majestueuses. Allah l'avait pris en pitié, et c'en était fini de sa misère.

Il atteignit bientôt une autre cité où il échangea l'assiette contre un gros tas de pièces d'or, avec lesquelles il put acheter des peaux de cuir fin et des tapis précieux, qu'il revendit à un sultan qui passait. Cela lui permit d'acheter davantage de tapis et plusieurs chameaux, et il prit enfin le chemin de sa maison. Vous pouvez vous imaginer les réjouissances ! De jour en jour sa fortune grandit, et bientôt Ja'afar fut même encore plus riche qu'auparavant. Mais il n'oublia jamais le chien de chasse, et il décida de retourner dans la ville aux hauts murs et aux portes majestueuses, pour retrouver le palais et rendre la générosité qui lui avait été faite. Il alla au bazar et y fit l'acquisition d'un plat d'or fin qu'il remplit d'épices rares, puis il enveloppa le plat dans un tapis de Tachkent finement brodé.

Il se mit ensuite en route pour la cité aux hauts murs et aux portes majestueuses, et, cette fois, il parcourut la large avenue qui menait au palais à grands pas, la tête haute. Il était tout heureux à la pensée qu'il allait enfin régler sa dette, mais il se figea soudain. À la place du palais, il n'y avait plus que des ruines fumantes. Les vautours planaient au-dessus des murs écroulés, et la désolation régnait. Agenouillé dans les cendres, un homme pleurait, et Ja'afar lui demanda ce qui était arrivé au palais, et aux soleils d'or, aux lunes d'argent, aux filles aux yeux noirs qui jouaient de la flûte et aux chiens de chasse au poil luisant. L'homme expliqua à Ja'afar que le palais lui appartenait, mais qu'un grand incendie avait tout détruit. Le destin était bien prompt à se retourner !

Ja'afar déroula le tapis de Tachkent et pria l'homme, dont le nom était Hassan, de s'asseoir, tandis qu'il lui racontait son histoire. Hassan, bien sûr, ne voulut pas croire Ja'afar ; personne ne pouvait être aussi honnête, mais il finit par être convaincu. Et bien qu'Hassan fût devenu comme un frère pour Ja'afar, il n'accepta pas l'assiette d'or, car il savait que c'était Allah qui avait voulu qu'il soit ainsi rabaissé : il l'avait puni pour avoir eu la vanité de faire manger ses chiens dans de la vaisselle d'or. Et depuis ce jour, le plat d'or est enfermé dans un cabinet dans la maison de Ja'afar, et le rappelle chaque jour à l'humilité.

Le demi-mensonge

Le soleil tapait sur le bazar encombré. Abou Hassan, le marchand, s'épongea les sourcils. Il avait chaud, il était fatigué et il aspirait terriblement à une tasse de café noir très fort, mais il lui fallait trouver encore un serviteur pour son épouse, la redoutable Nuzet. Elle avait décidé qu'il lui fallait quelqu'un pour promener sa paonne apprivoisée. Abou Hassan pensait que c'était ridicule, mais un regard à sa femme renfrognée l'avait convaincu qu'il n'aurait la paix que lorsqu'elle aurait un serviteur pour promener sa paonne. Il s'était déjà procuré un nouveau cuisinier et un troisième jardinier pour elle ce jour-là, mais il savait qu'il ne serait pas tranquille tant qu'un promeneur de paonne ne se trouverait pas dans les quartiers des serviteurs.

Il ne restait qu'un marchand dans un coin, avec un homme au bout d'une corde plutôt effilochée.

« Combien pour cet être minable ? demanda Abou Hassan, plein de mépris.

– Seulement six cents pièces d'argent, dit

le marchand d'un air obséquieux, car il a un défaut. »

C'était vraiment très bon marché, mais Abou Hassan n'était pas homme à conclure un marché sans marchander.

« Et quel est donc ce défaut, impudent vendeur de marchandises de second choix ?

– Il dit un mensonge par an, et il n'y a pas moyen de l'en corriger, répondit le marchand.

– Un mensonge par an ? sourit narquoisement Abou Hassan. Un mensonge par an ? Eh bien, tu te sous-estimes, créature sortie d'un misérable sac à rats. Tous mes serviteurs me disent au moins un mensonge par jour ! Je le prends », et Abou Hassan abattit l'argent avant que le marchand n'ait le temps de se raviser. Abou Hassan prit sa tasse de café bien noir, tandis que l'individu, qui s'appelait Akil, attendait patiemment dans la rue poussiéreuse. Puis ils rentrèrent à la maison. Nuzet fut ravie de son nouveau cuisinier et du troisième jardinier, mais elle ne sut que penser d'Akil.

« Pourquoi un si bas prix ? demanda-t-elle, car

Abou Hassan ne lui avait rien dit au sujet du mensonge annuel.

– Ô mon épouse ! serais-tu à ce point ignorante des talents infinis de ton remarquable époux ? Je l'ai eu à ce prix parce que j'ai marchandé très dur avec ce coquin de marchand », dit Abou Hassan, les doigts croisés derrière son dos.

Pendant un temps, tout sembla bien aller. Akil travaillait du matin au soir, non seulement à promener la paonne, ce qui en vérité n'était pas si prenant, mais à bien d'autres choses dans la maison, et il eut bientôt fait la conquête de tous, même de la revêche Nuzet.

Le temps était aux célébrations du Nouvel An, et Abou Hassan et ses amis quittèrent la cité poussiéreuse pour aller vers une oasis où les fleurs s'épanouissaient à profusion et où l'on entendait l'eau couler en permanence. Akil transportait une collation de vin, de fruits et de petits gâteaux sucrés dont son maître était très friand. Ils venaient de s'installer sur des coussins moelleux posés sur des tapis, sirotant le vin et grignotant les gâteaux, quand Abou Hassan demanda à Akil de retourner à la maison pour y chercher les pistaches que l'on avait oubliées dans l'agitation du départ. Akil se mit en route en souriant, mais lorsqu'après avoir franchi les remparts il approcha de la maison de son maître, il commença à se lamenter et à pleurer, en se frappant le front de ses poings.

« Ô mon cher maître, hélas, hélas ! Qu'allons-nous devenir maintenant, sans lui ? — et il se mit à déchirer ses vêtements et à s'asperger de terre. Qu'allons-nous devenir ? »

Bientôt, une foule de gens se mit à suivre le malheureux Akil et, lorsqu'il se retrouva dans la rue d'Abou Hassan, le bruit arriva aux oreilles de Nuzet, qui ouvrit la porte l'air furieux.

« Akil ! cria-t-elle en dominant le vacarme, qu'est-ce que cela signifie ?

– Ô ma très noble maîtresse ! Malheur à votre très humble serviteur pour être le porteur d'une si terrible nouvelle. Malheur ! Malheur ! se lamenta Akil.

– Quelle terrible nouvelle ? gronda Nuzet.

– Ma très révérée maîtresse, que ma langue

se flétrisse lorsque je vous dirai que votre mari, le gracieux Abou Hassan, est mort, sanglota Akil.

– Mort ? s'écria Nuzet. Ô deux fois malheur ! assurément, que va-t-il advenir de nous maintenant ? » et elle rentra chez elle en vacillant et en déchirant ses vêtements.

Dans son immense chagrin, elle parcourut la demeure en renversant les porcelaines, car c'est ainsi qu'on montrait son respect pour les morts du temps d'Abou Hassan.

« Viens, Akil, aide-moi à déchirer les tapisseries et à répandre le vin. Je dois témoigner mon respect à mon défunt mari », gémit-elle.

Akil se mit au travail énergiquement et, en un rien de temps, la maison fut complètement saccagée. Le verre et la porcelaine cassés jonchaient le sol, les plumes des coussins du gros divan volaient partout, et le mobilier était en mille morceaux. Les tasses à café préférées d'Abou Hassan furent réduites en poudre, et même la paonne fut jetée dehors malgré force gloussements.

« Maintenant, cher Akil, tu dois me conduire

au corps de mon mari afin que je le ramène et lui fasse ses funérailles », dit Nuzet, la voix étouffée par le grand voile derrière lequel elle avait dissimulé son visage.

Un triste cortège se mit en route et se dirigea vers les portes de la ville. Toutes les autres épouses s'étaient jointes à Nuzet, de même que le cuisinier, le premier, le deuxième et le troisième jardinier, avec Akil en tête de la procession en lamentations. Akil gémissait, hurlait et déchirait ses habits avec constance, mais il marchait plus vite que les autres et il se retrouva bientôt à quelque distance de Nuzet et des autres pleureurs. Pendant quelque temps, Akil marcha en silence. Puis il commença à gémir et à crier à nouveau, mais cette fois il disait : « Ô ma chère maîtresse ! Ô malheur, malheur à moi ! Que vais-je devenir sans elle ? », et il se frappa la poitrine en pénétrant dans l'oasis.

Bientôt, un Abou Hassan furieux se précipita vers le serviteur gémissant. « Allons, reprends tes esprits, vermisseau pleurnicheur ! Qu'est-ce qui se passe ?

– Ô, qu'Allah ait pitié de nous tous, mon maître ! Quand je suis arrivé chez vous pour prendre les pistaches, la maison s'était écroulée, écrasant tous ceux qui se trouvaient à l'intérieur ! dit Akil en pleurant.

– Tous écrasés ? demanda Abou Hassan stupéfait. Ma femme et mes enfants aussi ?

– Tout le monde », murmura Akil.

Abou Hassan devint livide.

« Et mon âne, mes poules et mes chèvres ?

– Tous », souffla Akil.

Alors Abou Hassan laissa éclater son chagrin, à son tour, et il déchira son turban, le piétinant sur le sol poussiéreux. Ses amis se joignirent à lui, et tous commencèrent à se frapper la poitrine et à pleurer. Lentement ils prirent la direction de la ville. Et, bien sûr, ils tombèrent bientôt sur un autre cortège de pleureurs, qui venait en sens inverse. En s'approchant, ils se reconnurent.

« Serait-ce toi, mon pétale précieux ? demanda Abou Hassan en apercevant une forme voilée qui ressemblait beaucoup à sa femme.

– Serait-ce toi, mon mari et mon bienfaiteur ? »

demanda Nuzet, en fixant la silhouette tête nue qui approchait dans la poussière.

Ils s'étreignirent, puis se tournèrent vers Akil qui se tenait là, bizarrement, avec un grand sourire.

« Qu'est-ce que c'est, qu'est-ce que c'est, misérable fils d'un voleur borgne ? hurla Abou Hassan. Tu causes un tumulte et un remue-ménage incroyables, et tu as en plus l'impertinence de sourire ?

– Tu seras fouetté d'ici à là-bas et vice versa, siffla Nuzet, que la pensée de l'état de la maison rendait malade.

– Ah ! dit Akil avec un sourire encore plus large. Mais cela ne serait pas juste, maîtresse. Peut-être ignorez-vous, dit-il (et il savait fort bien qu'elle n'était pas au courant), peut-être ignorez-vous que votre époux m'a eu au rabais à cause du seul défaut que je présentais. »

Abou Hassan devint soudain aussi rouge qu'il était pâle auparavant. Nuzet entra dans une colère noire. Aussitôt Abou Hassan bégaya : « Oui, eh bien, peut-être vais-je fermer les yeux sur le mensonge, pour cette année.

– Ce ne serait que justice, maître, sourit Akil, mais je dois vous dire que ceci n'était que la moitié du mensonge. Avant la nouvelle année, je vous dirai l'autre moitié ! »

Abou Hassan était livide, Nuzet hors d'elle-même, mais tous les autres convinrent qu'il n'était pas juste de punir Akil, qu'un marché était un marché. Ainsi, ils se remirent en route vers les portes de la cité. Mais quand Abou Hassan arriva chez lui et qu'il vit les dommages qu'avait causés Akil, il hurla : « La moitié d'un mensonge ? Tu appelles cela la moitié d'un mensonge ? Que déclencherais-tu alors avec un mensonge entier ? La ruine de tout un village ? Je ne tiens pas à le savoir, je te l'affirme ! Pars hors de ma vue, je te libère », et il poussa le toujours souriant Akil hors de ce qui restait de la porte d'entrée, après quoi il se laissa tomber sur un coussin déchiqueté. Nuzet s'affala à côté de lui, et ils contemplèrent l'étendue des dégâts autour d'eux.

« Eh bien, ma femme… commença Abou Hassan.

– Eh bien, mon époux… » commença Nuzet.

Et ils éclatèrent tous deux de rire. Plus jamais Nuzet ne réclama un serviteur pour promener sa paonne, et plus jamais Abou Hassan n'acheta un serviteur au rabais. Et l'on dit qu'ils vécurent le restant de leurs jours dans la plus grande félicité !

Le prince Agib

Le prince Agib, fils du roi Khasib, s'était embarqué pour un long voyage tout là-bas, là-bas, au plus loin qu'il pouvait aller. C'était un grand aventurier, toujours en quête de nouvelles découvertes. Lui et ses marins étaient en mer depuis de longues semaines, voguant droit vers l'inconnu, lorsque tout à coup un épais brouillard descendit sur le navire comme un rideau qui tombe. Les voiles pendaient mollement, et l'on n'entendait plus un bruit. Le capitaine jeta un regard apeuré autour de lui.

« Noble prince, j'ai très peur que ce ne soit pas là un brouillard ordinaire, mais bien plutôt le fait d'un djinn. Nous devons nous considérer comme perdus.

– Ô esclave à l'âme faible, où est ton courage ? rétorqua le prince Agib, furieux. Qui sait ce que nous découvrirons lorsque ce brouillard se dissipera ? », et il saisit sa longue-vue pour tenter d'apercevoir quelque chose à travers la brume.

Mais tout ce qu'il vit fut un mur épais et

impénétrable. Les jours passèrent et, alors que le capitaine avait abandonné tout espoir, le prince Agib reprit la longue-vue, cherchant une ouverture dans le brouillard. Et soudain voilà qu'aussi brusquement qu'il était tombé, le brouillard s'évanouit. Là, devant le bateau, s'élevait une énorme montagne de pierre noire. Le courant était rapide, et le bateau était entraîné à vive allure en direction du pied de la montagne, allant sans aucun doute à sa perte. Alors que chacun, y compris le vaillant prince Agib, attendait, les yeux fermés, un choc terrible, quelque chose de particulièrement étrange se produisit. Tous les clous et les objets de fer que contenait le bateau s'envolèrent en direction de la montagne. Le navire se disloqua aussitôt pour n'être plus qu'un amas de planches de bois, et tout le monde fut précipité à la mer. Comme le capitaine l'avait prédit, ils périrent tous. Seul le prince Agib réussit à échapper aux flots tumultueux, et il gagna un rocher où il tenta de reprendre son souffle.

Là, il entendit une voix étrange qui lui murmurait à l'oreille : « Ô grand fils de Khasib, écoute et obéis ! La pierre noire que tu vois devant toi est de la magnétite, ce qui explique pourquoi ton navire est parti en morceaux, car tout le fer a été attiré par la roche aimantée. Tu dois escalader la montagne ; au sommet, tu trouveras une immense statue de cuivre représentant un cavalier. Détruis cette statue, et la mer montera et recouvrira l'île entièrement. En agissant ainsi, tu délivreras les mers d'un grand fléau. »

Le prince Agib était, ma foi, prêt à essayer. « Mais comment diable détruirai-je une immense statue de cuivre ? » se demandait-il tout en vidant ses bottes de l'eau qu'elles contenaient.

« Tout a été prévu, ô grand fils de Khasib. Au pied de la montagne, tu trouveras un arc de cuivre et trois flèches de plomb. Avec ces armes, tu détruiras le cavalier », murmura à nouveau l'étrange voix.

Le prince Agib se remit debout et se dirigea vers le pied de la montagne où il trouva, comme prévu, l'arc de cuivre et les trois flèches de plomb. Il mit très longtemps à gravir la montagne noire, mais au coucher du soleil, il finit par en atteindre le sommet. La statue était gigantesque, et le prince Agib ne voyait vraiment pas comment ses faibles armes pourraient la détruire. Cependant il banda l'arc de cuivre, et la première flèche de plomb partit. Elle atteignit bel et bien son but, mais ricocha contre le cavalier, sans lui faire le moindre mal. Le prince Agib tira la seconde flèche, qui ne fit pas mieux que la première. Le cœur battant, il mit la troisième flèche en place sur l'arc. Comment pourrait-il arriver à détruire le cavalier à mains nues ? Il banda l'arc de toutes ses forces, et la flèche partit dans une grande vibration. Elle fila tout droit et atteignit la statue du cavalier en pleine poitrine. Il y eut un grand fracas et, devant ses yeux stupéfaits, la statue se désintégra, ne laissant qu'un petit tas de poussière aux pieds du prince Agib. Il se retourna pour regarder la mer. Une vague gigantesque, plus haute que le mât du plus grand vaisseau de la flotte de son père, se précipitait vers le rivage. En une fraction de seconde, la vague recouvrit l'île, la montagne noire et le prince Agib lui-même. Il lutta quelque temps contre les flots bouillonnants, mais il perdit bientôt connaissance.

Très loin de l'île à la montagne noire se trouvait une autre île, une île magnifique, couverte de forêts profondes et de vertes prairies où galopaient d'élégants chevaux. Des colibris venaient se poser sur les grands lis parfumés, des paons majestueux éventaient leurs queues en glissant le long des allées, et des papillons voletaient d'orchidée en orchidée. Au milieu de l'île se trouvait un splendide palais de marbre blanc. Le soleil se reflétait dans ses innombrables minarets, et des fontaines jaillissait une eau fraîche et bleue. Des serviteurs aux livrées distinguées s'affairaient, et l'on pouvait entendre, derrière le bruit des fontaines, de petits rires étouffés. Le palais avait appartenu à un puissant sultan, mais, ayant atteint un grand âge, il était mort et avait laissé toutes ses richesses à ses nombreuses filles ! Maintenant, elles vivaient dans l'opulence, dans l'insouciance la plus complète. Quelques jours plus tôt, l'île avait été atteinte par une marée plus forte que d'habitude, mais personne n'y avait prêté attention.

La plus jeune des filles, qui s'appelait Perle la Plus Pure, se promenait le long du rivage, trempant le bout de ses petits pieds dans l'eau. Elle avait remarqué un coquillage particulièrement joli. (Elle les collectionnait et leur avait consacré plusieurs pièces du palais.) Elle avait avec elle un tout petit serviteur, chargé de les transporter, et il titubait sous le poids de la dernière collecte de Perle la Plus Pure. Il s'arrêta soudain en poussant un cri. Le corps d'un jeune homme gisait sur le sable. C'était le prince Agib.

Le petit serviteur fut envoyé de toute urgence au palais, transportant toujours les coquillages (car il n'était pas question que Perle la Plus Pure les abandonne). Bientôt, le prince Agib fut couché sur une litière, et on le ramena au palais où on l'installa sur un divan. Toutes les filles s'attroupèrent autour de lui.

« Oh ! le pauvre ! Il est mort ? roucoula l'une d'elles.

– Enlevez-lui ses bottes, ses pieds précieux doivent être trempés ! ordonna une autre.

– Je vais lui chanter une mélodie de rétablissement, gazouilla l'aînée des filles.

– Il est si beau, c'est sûrement le fils d'un roi », et ainsi de suite.

Avec tout ce bruit, naturellement, le prince Agib – qui n'était pas mort du tout, mais tout à fait trempé, et endolori – fut bientôt réveillé. Il se redressa.

Toutes les filles poussèrent aussitôt des cris perçants.

« S'il vous plaît, arrêtez, dit le prince Agib, les mains sur les oreilles. Je vous suis très reconnaissant de m'avoir sauvé, mais pourriez-vous ne pas crier aussi fort, je vous prie ? », et il sourit aux jeunes filles stupéfaites. Bien sûr, elles furent toutes sous le charme, et rien ne fut trop beau pour lui. On le nourrit d'abricots et de dattes fourrées à la pâte d'amandes. Un gobelet de vin fin était toujours à portée de sa main et de nouveaux habits, tissés dans la soie la plus précieuse, apparaissaient chaque matin dans sa garde-robe. Son bain était parfumé de senteurs exotiques et des pétales de roses flottaient à la surface. Il avait un serviteur rien que pour repasser ses mouchoirs ! Les jeunes filles chantaient et dansaient pour lui, et il n'y avait rien qui pût manquer à son bonheur.

Un jour, l'aînée des filles vint le trouver en disant : « Cher prince Agib, nous devons nous absenter pour quarante jours, et nous ne pouvons vous emmener avec nous. Mais restez là jusqu'à notre retour. Voici les clés du palais, elles sont au nombre de cent, et vous pourrez l'explorer à votre guise. Mais sous aucun prétexte vous ne devez ouvrir la centième porte, la porte d'or rouge. Si vous le faites, le pire vous arrivera, à vous, mais aussi à nous », et les jeunes filles partirent, suivies d'un long cortège de serviteurs.

Le lendemain matin, le prince Agib commença à explorer le palais. Il ouvrit un grand nombre de portes et trouva une pièce pleine de rubis et d'émeraudes, une pièce pleine de canaris chanteurs et une pièce pleine de jasmins et de narcisses. Pas un instant il ne pensa à la porte d'or rouge – la centième porte. Le lendemain, il ouvrit de nombreuses autres portes et trouva une pièce pleine de jarres de miel sauvage et une pièce pleine d'instruments de musique sur lesquels jouaient des mains invisibles. Il trouva une pièce pleine de cartes du monde où les rivières coulaient véritablement et où les vents soufflaient, une pièce pleine de chats qui dansaient, et une pièce pleine de tours en châtaignes confites qui se balançaient, et en mangeant son souper il pensa :

« Que peut-il bien y avoir derrière la porte d'or rouge, la centième porte ? J'ai vu les merveilles les plus inimaginables, mais… » La question le tracassait toujours quand il alla se coucher.

Le matin du troisième jour, en se réveillant, la première chose à laquelle il pensa fut la porte d'or, la centième porte. « Je peux bien y jeter juste un coup d'œil », pensa-t-il, et il alla devant la porte. Elle était exactement semblable aux quatre-vingt-dix-neuf autres, mais elle était d'or rouge. Il partit ouvrir quelques autres portes. Il trouva une pièce pleine de poules aux œufs d'or et une pièce pleine de livres qui se parlaient les uns aux autres, une pièce pleine de poissons volants, mais ces choses si ordinaires ne l'intéressaient plus. « Qu'est-ce que cela peut bien faire si je regarde juste un instant derrière la porte d'or rouge ? » se dit-il, et ses pas l'y menèrent, presque malgré lui. Il regarda par-dessus son épaule. Il n'y avait personne, alors il prit le gros trousseau de clés et introduisit la clé dans la serrure de la porte d'or rouge, la centième porte. Il regarda à nouveau derrière lui, il n'y avait toujours personne, aussi, très lentement, il ouvrit la porte, la fatale centième porte. Il y eut une lumière aveuglante, un violent coup de tonnerre et, dans un immense nuage de fumée, un gigantesque djinn sortit de la pièce avec un rire sauvage. Tout s'obscurcit et l'air fut rempli d'une odeur pestilentielle.

Hélas pour le prince Agib, quand la fumée se dissipa, il se retrouva assis au milieu d'un désert. Le magnifique palais de marbre blanc, avec les minarets où le soleil se reflétait et l'eau bleue qui jaillissait des fontaines, avait disparu. Le prince Agib voyagea encore dans de nombreux pays durant le reste de sa vie, mais il ne le retrouva jamais. Pourtant, parfois, il lui sembla entendre de petits rires étouffés dans le lointain, mais son espoir fut à chaque fois déçu.

Histoire de Codadad et de ses frères

Le sultan d'Harran était très aimé de ses sujets. Son pays était en paix et bien administré, son peuple bien nourri et satisfait. Il n'y avait pas eu de guerre depuis de nombreuses années, et les coffres du palais regorgeaient de dinars. Mais le sultan n'avait que faire des dinars, tout ce qu'il souhaitait, c'était un fils, un héritier. Chaque nuit, il priait sans relâche, mais ses prières restèrent sans réponse durant de longues années. Puis, une nuit, un sage et vieux prophète lui apparut en rêve. « Bon Sultan, lui dit-il, Allah est fort content de ta dévotion envers ton pays et ton peuple, aussi tu auras ce que tu désires. Lorsque tu te réveilleras, demain matin, va dans les jardins du palais et descends l'avenue de la Tranquillité. Au bout de cette avenue, tu trouveras un vieux grenadier. Cueille le plus gros fruit que tu verras et mange autant de grains de grenade que tu le souhaites. Alors tu auras ta récompense. »

Au matin, à peine éveillé, le sultan descendit

en hâte au jardin. Il cueillit la plus belle grenade et compta cinquante grains dans sa main. Il les avala tous et retourna au palais d'un pas guilleret. Il donna congé à tout le monde ce jour-là. Et bientôt on apprit que quarante-neuf de ses épouses avaient chacune donné naissance à un beau garçon. Il y eut de grandes réjouissances au palais ; le sultan arborait un sourire béat – ce qui montrait à quel point il était heureux – tandis que les quarante-neuf nouveau-nés braillaient à l'unisson, ce qui était malgré tout un peu difficile à supporter. L'astrologue arriva, avec des bouchons de soie dans les oreilles, et des plumes furent répandues dans tous les corridors afin qu'aucun bruit de pas ne vienne réveiller les nourrissons une fois qu'ils se seraient endormis.

Dans le palais, une seule pièce était restée entièrement calme. Pirouze, la cinquantième épouse du sultan, n'avait pas eu d'enfant. Sa tristesse était immense, et elle la ressentait d'autant plus qu'elle était entourée de tous ces marmots si bien portants et si bruyants. Le sultan ne put supporter son chagrin et lui conseilla d'aller chez son frère dans la lointaine Samarie. Il aurait dû se souvenir que ses fils étaient un cadeau d'Allah, qui est toujours équitable dans sa générosité. Pirouze n'était pas avec son frère depuis quelques lunes qu'elle donna naissance à un beau et solide garçon. Elle l'appela Codadad. Se sentant un peu rejetée de la cour, elle ne prévint pas le sultan de l'arrivée de cet enfant.

De nombreuses années passèrent et Codadad devint un très charmant jeune homme. Il avait la grâce et les vertus de sa mère, la sagesse et la générosité de son père. C'était un cavalier accompli et il tirait à l'arc comme personne. Mais il s'ennuyait. Il voulait servir son père et être reconnu à la cour au même titre que ses quarante-neuf frères. Pirouze ne partageait pas son avis, craignant pour sa sécurité. Finalement, Codadad la convainquit de le laisser partir pour aller offrir ses services au sultan. Il fut décidé qu'il irait sous un déguisement, afin de pouvoir être jugé selon ses vrais mérites. Il se teignit les cheveux et se macula le visage pour paraître plus âgé.

Il avait fière allure sur son grand cheval blanc, en franchissant au galop les portes majestueuses d'Harran. Il portait une cape de pure soie blanche doublée d'un vert d'eau chatoyant et un cimeterre d'or étincelant à sa ceinture. Son arc était posé en travers de la selle et, en bandoulière, il portait un carquois de flèches au bout d'argent. Le sultan l'accueillit chaleureusement, car on pouvait voir que c'était une personne de qualité, et bientôt Codadad devint un courtisan apprécié et écouté. Ses quarante-neuf frères ne furent pas aussi enthousiastes. Sans en avoir l'intention, Codadad fit ressortir leur paresse et leur méchanceté. Le sultan l'en loua d'autant plus et lui donna autorité sur ses frères pour qu'il les rende plus disciplinés et travailleurs. Et personne, pas même le sultan, ne savait qui était en réalité Codadad. Ses frères se mirent bientôt à comploter sur la meilleure façon de se débarrasser de lui.

« Il faut nous y prendre prudemment, mes frères, dit l'un. Ce Codadad est tenu en grande estime par notre père. En aucune façon nous ne devons avoir l'air de lui vouloir du mal.

– Oui, mais faisons vite, murmura un autre. Je n'en peux plus.

– Bientôt, il ne nous restera plus aucun pouvoir », protesta un troisième.

Les discussions continuèrent. Finalement, il fut décidé que les frères demanderaient l'autorisation de Codadad pour aller passer une journée à la chasse, et qu'une fois suffisamment loin du palais ils trouveraient un endroit où ils se cacheraient, de telle façon que le sultan les croirait perdus. Ce serait alors Codadad que l'on tiendrait pour responsable de leur disparition. Les frères allèrent tous ensemble voir Codadad et le supplièrent de leur permettre d'aller passer un jour à la chasse, promettant de revenir le soir. Codadad n'y vit pas d'inconvénient, et le lendemain, avec beaucoup d'ostentation, les frères partirent pour leur prétendue partie de chasse.

À la nuit tombante, on n'avait toujours pas signe d'eux, et bientôt le sultan demanda où étaient ses fils. Codadad lui dit où ils étaient partis, et ajouta : « Je suis sûr qu'ils sont allés plus loin que prévu, ô noble sultan ! Ils seront sans doute de retour dès qu'il fera jour. »

Comme prévu, le matin suivant, puis le suivant encore, il n'y eut aucun signe des quarante-neuf frères. La colère du sultan fut terrible, mais il faut dire qu'il était bouleversé par l'absence de ses précieux fils. Comme les rusés frères l'avaient imaginé, il blâma Codadad et, le matin du quatrième jour, il le convoqua. « Ingrat ! tonna-t-il. Je t'ai accueilli dans ma maison, dans ma famille, je t'ai donné autorité sur mes fils, et voilà ma récompense : mes fils ont disparu tous ensemble. Tu dois les retrouver immédiatement, ou tu le paieras de ta propre vie ! » et il congédia l'infortuné Codadad d'un revers de la main.

Codadad s'arma de son cimeterre d'or étincelant, mit son arc et ses flèches à pointe d'argent en bandoulière, monta sur son grand cheval blanc et partit à la recherche de ses quarante-neuf frères.

Après plusieurs jours de voyage à travers déserts et montagnes sans avoir vu ni entendu âme qui vive, il arriva dans une vaste plaine où s'élevait un palais de marbre noir à l'aspect sinistre, près d'une rivière profonde au fort courant. En s'approchant du palais, Codadad vit une très belle jeune fille à l'une des fenêtres. Du moins, elle aurait été belle si ses cheveux n'avaient été tout en désordre et ses vêtements déchirés ; des larmes coulaient en abondance le long de ses joues. Codadad pressa son cheval plus près de la fenêtre, mais, dès qu'il fut à portée de voix, la jeune fille lui cria : « Ne t'approche pas davantage, bel étranger, à moins que tu ne veuilles être capturé par le redoutable guerrier qui vit ici. Il te prendra comme les autres et te jettera au fond d'un cachot. Pars avant qu'il ne soit trop tard ! Je t'en conjure ! »

Mais Codadad n'était pas homme à laisser quelqu'un dans la détresse, aussi se dressa-t-il sur sa selle afin de pouvoir parler à la jeune désespérée. « Madame, comment pourrais-je partir en vous laissant dans un tel péril ? Je n'ai peur de personne et certainement pas d'un simple guerrier. Je considère qu'il est de mon devoir de vous sauver de toute urgence », déclara-t-il (il faut dire qu'au-delà de la fâcheuse situation dans laquelle elle se trouvait, et en dépit de son piteux aspect, il était fort attiré par la jeune fille). À peine eut-il prononcé ces mots qu'une petite voix siffla : « Tu crois pouvoir me vaincre, n'est-ce pas, fils d'un âne miteux ? » Le redoutable guerrier se tenait là, sa cape bleu nuit lui balayant les pieds. Il était terrifiant à voir. Grand comme deux hommes, il semblait assez fort pour déraciner des arbres d'une seule main. Ses longs cheveux noirs descendaient dans son dos et ses ongles étaient semblables à des serres. Il leva la main et fit tournoyer une étoile de métal, aux pointes meurtrières, en direction de Codadad. Celui-ci sauta prestement de côté, et l'étoile atterrit sans dommage sur le sol. Mais le guerrier avait déjà jeté une lance à la pointe noire sur Codadad, qui dut de nouveau plonger pour l'éviter. Le guerrier se mit à rire, mais une nouvelle fois l'arme manqua Codadad, qui tira son cimeterre. Le soleil scintilla sur la lame polie, et Codadad se dirigea d'un pas ferme vers son adversaire.

La jeune fille à la fenêtre poussa un cri et s'évanouit, alors que Codadad s'avançait vers le guerrier. Celui-ci fronça les sourcils en reculant de quelques pas, car il avait un terrible secret. Il n'était pas du tout un redoutable guerrier, mais juste une grosse brute avec un nombre d'armes meurtrières dont il ne savait même pas se servir. Codadad ne fut pas long à le comprendre, et il eut bientôt taillé en pièces le prétendu guerrier et jeté son corps dans la rivière.

Codadad se précipita vers le palais de marbre noir, cherchant anxieusement la jeune fille qu'il avait vue à sa fenêtre. Il courut de chambre en chambre et finit par la trouver. Elle porta la main à son front, les yeux écarquillés. Quand elle eut réalisé que c'était bien Codadad qui se trouvait devant elle, sain et sauf, elle laissa éclater sa joie. Codadad vit qu'il ne s'était pas trompé : certes, un bon bain ne lui aurait pas fait de mal, de même qu'un coup de brosse dans les cheveux, mais elle était véritablement très jolie. Il la conduisit à travers le palais jusque dans la cour où, reprenant ses esprits, elle lui raconta son histoire : « Je suis la princesse Deryabar, fille d'un sultan. Mon père souhaitait ardemment avoir un fils, et ma naissance a été pour lui une grande déception. »

Codadad sourit intérieurement. Il en savait long sur les pères désireux d'avoir des fils ! « Continuez, je vous prie » dit-il à la princesse Deryabar, en lui prenant la main, qu'elle avait fine et délicate – bien que pas très soignée.

« Mon père s'est bien occupé de moi, mais, dès que j'ai été en âge, il s'est mis en tête de me marier avec un vieil émir qui avait déjà sept épouses. Aussi je me suis enfuie, seule avec notre fidèle grand vizir, qui désapprouvait les projets de mon père. Nous avons été capturés ensemble par le redoutable guerrier. Le pauvre vieux grand vizir doit toujours croupir dans son cachot. »

La princesse Deryabar s'interrompit et regarda avec crainte par-dessus son épaule.

« Où est le redoutable guerrier ? demanda-t-elle d'une voix tremblante.

– Douce et délicieuse princesse, ne pensez plus à cette misérable fourmi. Je l'ai fait taire à jamais, dit Codadad en se rapprochant. Maintenant, nous devons aller chercher votre grand vizir dans son cachot, et ainsi vous serez à nouveau en sécurité. »

La princesse Deryabar pensa que le grand vizir ne pourrait pas faire grand-chose de plus que ce que Codadad avait déjà accompli. Et elle se dit qu'elle aimerait bien se marier avec Codadad dès que possible. Mais comme c'était une fille de sultan très bien élevée, elle n'en dit rien à ce dernier.

Ensemble, ils traversèrent le palais de marbre noir et descendirent le long escalier en colimaçon qui menait aux cachots. Grandes furent les réjouissances lorsque Codadad ouvrit la première porte et trouva le grand vizir, un peu amaigri, avec une barbe extrêmement hirsute et en bataille, mais très heureux de retrouver la princesse Deryabar. Codadad fut encore plus ravi lorsqu'il ouvrit les cachots suivants et vit que les autres prisonniers étaient ses quarante-neuf frères. Ils avaient été capturés par le redoutable guerrier tandis qu'ils se cachaient lors de leur prétendue partie de chasse. Leur joie d'être délivrés fut quelque peu assombrie par le fait que Codadad lui-même les avait sauvés. Ce ne fut rien à côté de leur consternation quand il leur révéla qu'il était leur frère de sang, le cinquantième fils du sultan ! Cependant, ils feignirent de l'accueillir dans leur fratrie avec plaisir et lui parlèrent avec affection. Le grand vizir perçut leur duplicité, et, déjà conquis par la bravoure de Codadad et ses manières courtoises, il décida de faire toute la lumière sur cette histoire le plus rapidement possible.

Ils grimpèrent tous l'escalier en colimaçon et regagnèrent le palais. Dans chaque pièce, ils trouvèrent des monceaux de trésors. Des tapis persans, des tapisseries chinoises en soie et des porcelaines fines étaient empilés les uns sur les autres n'importe comment, et des paniers remplis d'épices exotiques et de parfums encombraient les armoires. Les frères décidèrent d'en emporter autant qu'ils le pouvaient comme cadeaux pour leur père. Dans les écuries, il y avait un grand troupeau de chameaux qui, après les avoir reniflés, laissèrent dédaigneusement les frères entasser leurs trésors dans leurs sacoches. Après un excellent repas (le redoutable guerrier avait un cellier fort bien garni), ils se mirent tous en route pour le long voyage de retour vers Harran.

En pleine nuit, les quarante-neuf frères eurent un rapide conciliabule.

« Quand il saura que ce misérable Codadad est notre frère, notre père le sultan le favorisera ! Surtout s'il apprend que c'est lui qui nous a sauvés », murmura l'un d'eux, oubliant que, sans Codadad, il serait encore en train de pourrir dans le cachot du redoutable guerrier.

« Mes frères, rien à propos de ce sauvetage ne doit arriver aux oreilles de notre père », dit un autre. Les cruels frères se glissèrent dans la tente de Codadad et tous le poignardèrent durant son sommeil. Avant l'aube, ils partirent sans bruit, en ayant pris soin de nouer des écharpes autour du museau des chameaux pour les empêcher de renifler et de les trahir. Ils ne pensèrent pas une seule seconde à la princesse Deryabar et à son vieux grand vizir, livrés à eux-mêmes dans le désert.

Après quelques jours de voyage, ils arrivèrent

à Harran, où le sultan, au comble de la joie, organisa un grand festin pour leur retour. Les trésors furent déballés et exposés à la vue de tous, et l'on installa les chameaux dans les étables du palais avec de l'eau et du foin sucré. Personne ne parla de Codadad.

Pendant ce temps, dans le désert, tout ne se passait pas comme l'avaient espéré les méchants frères. Bien que grièvement atteint, Codadad n'était pas mort. Par une chance inouïe (ou peut-être Allah tout-puissant protégeait-il l'un de ses favoris), un docteur de renom qui voyageait dans le pays passa par là et lui dispensa ses soins. La princesse Deryabar fit de son mieux pour panser ses blessures, et le grand vizir chassa les vautours qui planaient au-dessus de la tente en leur criant toutes sortes d'injures. Grâce à tous ces bons soins, Codadad fut bientôt capable de continuer son voyage vers Harran.

La princesse Deryabar passa les portes de la ville et trouva une humble auberge où, avec Codadad et le grand vizir, ils pourraient passer inaperçus.

Le grand vizir alla habilement recueillir les ragots dans le bazar, et bientôt il apprit toute l'histoire du sultan et de ses quarante-neuf fils ; il comprit que Codadad avait dit la vérité à propos de sa mère Pirouze et qu'il était bien le cinquantième fils du sultan. En toute hâte, il alla à Samarie chercher Pirouze qui fut, naturellement, grandement soulagée d'avoir des nouvelles de son cher Codadad. Elle repartit avec le grand vizir. Malgré son enthousiasme, il était aussi très fatigué, car c'était un vieil homme, souvenez-vous, et les événements récents l'avaient quelque peu affaibli. Mais tous ces malheurs lui parurent peu de chose lorsqu'il vit le bonheur qu'éprouvèrent Codadad et Pirouze en étant réunis. Et il fut secrètement très heureux que Pirouze prenne aussitôt en affection la princesse Deryabar.

Pirouze alla alors au palais demander une audience au sultan. Elle avait toujours été l'une de ses épouses favorites, aussi le sultan fut-il tout heureux de la retrouver, assise près de la fontaine aux paons.

« Meilleure de mes épouses, voilà une joie des plus inattendues ! » s'exclama-t-il, ordonnant aux serviteurs d'apporter des boissons fraîches et un plateau de dattes.

Mais Pirouze n'avait pas la tête à badiner, et elle se mit à raconter au sultan toute la terrible histoire. Ce dernier l'écoutait avec une colère grandissante.

« Gardes ! hurla-t-il. Allez chercher mes fils, tous les quarante-neuf, et enfermez ces gredins dans la forteresse. Dites au bourreau du palais d'affûter sa hache, car demain ils devront tous mourir ! » et les gardes épouvantés se retirèrent avant d'avoir à subir à leur tour la colère du sultan.

Il envoya alors son plus beau palanquin à l'humble auberge pour ramener Codadad, la princesse Deryabar et leur fidèle grand vizir. Il les accueillit avec des larmes dans les yeux, mais pour Codadad, son fils retrouvé, il n'eut pas de mots, tant il avait honte de la conduite de ses autres fils. Mais Codadad ne voulut pas de vengeance, et il se débrouilla pour persuader le sultan de libérer ses frères et d'annuler leur exécution. Le sultan insista cependant pour que les quarante-neuf fussent bannis vers un pays lointain pour le restant de leurs jours.

Pirouze reprit sa place au palais et fut nommée première épouse. On donna au grand vizir de beaux appartements dans le palais, où il put faire pousser des orchidées et bavarder en prenant le café avec l'astronome du sultan. Codadad et la princesse Deryabar se marièrent à la nouvelle lune, la princesse dans une robe de mille couleurs chatoyantes, Codadad dans une cape du brocart le plus soyeux. Tout le monde à Harran fut invité au mariage et les réjouissances durèrent jusqu'à la lune suivante. Et tous vécurent heureux durant le reste de leur vie, au contraire des quarante-neuf frères, qui enragèrent et fulminèrent chaque jour de leur longue et solitaire existence.

Le sac aux merveilles

Le bazar, ce jour-là, fourmillait d'activités et, partout, de rares et précieuses marchandises étaient étalées sur les éventaires. Des soies aux couleurs somptueuses et des tapis de velours étaient déroulés à perte de vue. La lumière du soleil se reflétait dans les plateaux d'argent et les grandes aiguières, et l'air était rempli des senteurs exotiques du marché aux épices. Des marchands ambulants parcouraient les rues encombrées, leurs cris discordants se faisant écho sur les toits comme les appels d'étranges oiseaux.

À un éventaire de maroquinerie, le marchand surveillait ses sacoches, ses sacs de voyage et ses fourreaux à épées, lorsqu'il vit un homme, portant la robe flottante d'un cavalier du désert, saisir un sac et le mettre avec aplomb sous son bras, sans se cacher le moins du monde.

Le marchand sauta sur ses pieds. « Fils d'une misérable souillon, replace ce sac immédiatement ! hurla-t-il, furieux.

– C'est à moi que tu t'adresses, minable rustre ?

Ce sac est à moi », dit le cavalier en le toisant, puis il s'éloigna à grands pas dans la foule.

Le marchand lui courut après, criant du plus fort qu'il pouvait : « Appelez le calife ! Ce vaurien à la queue de rat m'a volé un sac ! »

Bientôt, tous les marchands se pressèrent autour du cavalier en se bousculant. Il y avait un tel vacarme que les gardes du calife ne tardèrent pas à apparaître. Ils emmenèrent le marchand et le cavalier, qui continuaient à protester et à se traiter de toutes sortes de noms d'oiseaux.

« Puce suppurante d'une mule affamée !

– Misérable chat de gouttière efflanqué ! », et ainsi de suite.

Le calife regarda le sac, puis le cavalier, et enfin le marchand.

« C'est simple. Tout ce que je vous demande à chacun, c'est de me dire ce qu'il y a dans le sac. Ensuite je l'ouvrirai. Celui qui a dit la vérité pourra récupérer le sac. L'autre sera envoyé au cachot, pour revoir ses manières », et le calife regarda les deux hommes, attendant qu'ils se prononcent. « C'est enfantin, dit très vite le cavalier. Dans le sac, vous trouverez une coupe de jus de fruits glacé, un jeu d'échecs, un tapis volant unique, une flûte d'argent, une pintade et un fromage de chèvre odorant. »

Eh bien ! Le marchand fut estomaqué par cette curieuse liste d'objets. Il savait parfaitement que le sac était vide, mais il ne souhaitait pas s'avouer vaincu, aussi répondit-il : « Très puissant calife, il est clair que ce fils de vieux chamelier ment. Dans le sac, vous trouverez dix turbans de soie jaune, une bouteille de vin d'Égypte, plusieurs grenades et une douzaine d'huîtres, un cimeterre d'un exceptionnel tranchant, un aigle d'or et une selle de cuir rouge polie. » Le cavalier le toisa d'un air dégoûté. « Ô sage calife ! ce babouin ne m'a même pas laissé le temps de finir. En plus de tous les objets déjà cités, vous trouverez un panier de dattes fraîchement cueillies, un étang bleu à l'eau exceptionnellement transparente, plusieurs jeunes danseuses, un bouquet d'orangers, un millier de chandelles allumées, une émeraude aussi grosse qu'un œuf d'autruche, un capitaine et une ourse. »

Le marchand s'inclina encore plus profondément devant le calife et déclara : « Par la barbe de mon vieux père, ai-je mentionné le derviche tourneur, la serre à orchidées, la Mosquée bleue d'Istanbul, la baleine à jet d'eau, la compagnie de féroces soldats turcs, la pierre philosophale, un troubadour et un bosquet de citronniers ?

– Arrêtez, arrêtez ! hurla le calife. Ou bien ce sac est sans fond, ou bien vous êtes tous les deux en train de vous moquer de moi et de la loi que je représente. »

Le calife ouvrit le sac et le retourna. Sur le sol tombèrent deux dragées, et absolument rien de plus. Les sourcils du calife se froncèrent dangereusement et, avant qu'il ait eu le temps de parler, le marchand lui dit : « Mille, mille pardons, grand calife révéré ! Je vois que je me suis trompé. Manifestement, ce n'est pas mon sac. Je dois partir en toute hâte me mettre en quête du mien, avec tout ce qu'il contient. » Et aussitôt, il quitta la cour, laissant le cavalier à son triste sort.

Sindbad et l'île aux éléphants

Sindbad avait parcouru les mers durant toute sa vie et accompli des exploits fantastiques, à faire se dresser les cheveux sur la tête. Il les racontait volontiers au bazar, devant une tasse de bon café. Il avait pris de l'âge, et il était bien résolu, désormais, à mener une vie tranquille, le plus loin possible des bateaux. Le calife, cependant, était d'un autre avis. Un jour, alors que Sindbad somnolait paisiblement dans son jardin sur son divan, près du bassin aux eaux bleues, on frappa violemment à la porte, et bientôt un courtisan à l'air hautain l'informa avec condescendance que le calife désirait le voir. La mort dans l'âme, Sindbad enfila ses pantoufles à pompons et lissa sa barbe. Sa vie si calme allait être dérangée, il en était sûr.

En effet, le calife voulait que Sindbad porte ses compliments, en même temps que ses présents personnels, au roi de Serendib, à l'autre bout des mers, et le voyage serait long et périlleux.

« Mais, très noble et très illustre commandeur des croyants, j'ai fait vœu de ne plus jamais quitter Bagdad », expliqua Sindbad au calife. « Mes voyages au service de votre très révérée majesté m'ont emmené dans le monde entier, à travers maintes tempêtes et maints tremblements de terre. J'ai combattu d'étranges forces surnaturelles, j'ai affronté de gigantesques oiseaux mangeurs d'hommes et dû être plus malin que des géants impitoyables. Je vous ai rapporté de grandes richesses en pierres précieuses et en or, de magnifiques soies d'Orient et des épices des jungles les plus lointaines. Je suis un vieil homme, maintenant, et tout ce à quoi j'aspire, c'est d'avoir mon dîner à l'heure et mon lit pour dormir, croyez-moi, estimé calife. » Il s'inclina si bas que son turban balaya le tapis.

Le calife fronça les sourcils et son visage se renfrogna. « Dois-je comprendre que tu refuses d'accomplir le petit service que je te demande ? » gronda-t-il des profondeurs de sa barbe fournie.

Et, naturellement, Sindbad se retrouva en train de dire : « Ô le plus noble des maîtres, le plus insignifiant de vos marins ne pourrait refuser le moindre de vos souhaits. Je partirai à la prochaine marée », et s'étant à nouveau incliné profondément, il se retira.

Tout le long du chemin du retour, il se reprocha sa faiblesse, mais il se retrouva bientôt à bord d'un grand navire, fendant les vagues écumantes, en direction de Serendib. Après un voyage sans histoire, il se présenta à la cour du roi de Serendib, où il déballa les présents du calife.

Les cadeaux étaient vraiment somptueux : il y avait une armure complète, en or martelé ; cinquante robes d'une soie si fine qu'on aurait dit des ailes de papillon ; cent balles de pur lin blanc, filé à la main ; une aiguière en agate précieuse, et une tablette de pierre qui, paraît-il, avait appartenu au grand roi Salomon lui-même. S'ajoutaient à tout cela d'innombrables bagatelles, comme un paon taillé dans le jade, un cerf-volant d'une extraordinaire vélocité et une paire de pantoufles aux talons d'or, si minuscules que seule la plus délicate des princesses pouvait les enfiler. Le roi de Serendib était au comble de la joie et de la confusion. Si bien que Sindbad eut beaucoup de difficulté à prendre congé ; finalement, le roi consentit à le laisser partir, et, après l'avoir chargé de nombreux cadeaux précieux, il lui souhaita bon voyage. Malheureusement pour Sindbad, son départ ne passa pas inaperçu : il n'était pas en mer depuis trois jours que son bateau fut attaqué par des pirates qui avaient entendu parler du trésor considérable qu'il renfermait. Les pirates se saisirent de tous les cadeaux du roi, prirent le commandement du bateau et débarquèrent Sindbad et ses marins sur le rivage d'une île lointaine. Là, ils furent fort heureusement sauvés par un riche marchand qui habitait une demeure magnifique avec d'innombrables pièces et dépendances. Cet homme faisait le négoce de l'ivoire, et il dit clairement à Sindbad qu'il attendait de lui de l'aide dans son cruel commerce, pour le remercier de l'avoir sauvé. Il amena Sindbad vers un grand arbre, dans la forêt, et lui demanda de grimper sur la plus haute branche. De là, quand les éléphants arriveraient, il leur tirerait dessus, puis il leur prendrait leurs défenses. Sindbad fit cela plusieurs jours durant, et il eut bientôt amassé un gros tas d'ivoire pour le marchand.

Mais une nuit, il se produisit quelque chose de très étrange. Au lieu de passer devant le grand arbre dans lequel se cachait Sindbad, les éléphants l'encerclèrent et commencèrent à le secouer de toutes leurs forces. Ils le secouèrent si bien que Sindbad tomba de l'arbre. Il pensait que sa dernière heure était arrivée... Aussi quelle ne fut pas sa surprise lorsqu'il se sentit cueilli délicatement par plusieurs trompes. Il fut ensuite hissé sur le dos d'un éléphant et entraîné dans la forêt, dans un apaisant balancement.

Sindbad réalisa avec surprise qu'il n'avait pas peur ; d'une certaine façon, il faisait confiance à ces énormes bêtes.

Plus tard, ils arrivèrent dans une clairière, et l'éléphant déposa Sindbad à terre. Tout autour d'eux, il y avait des crânes énormes et des ossements – c'était un cimetière d'éléphants. Les bêtes poussèrent Sindbad vers les ossements, et soudain il réalisa ce qu'elles essayaient de lui faire comprendre.

« Par la barbe du prophète ! cria-t-il. Je vois ce que ces sages animaux me disent. Pourquoi tuer des éléphants alors qu'il y a ici de quoi faire vivre le marchand dans la plus grande opulence pour le restant de ses jours ? » Sindbad sourit aux éléphants et s'inclina si bas que son turban balaya le sol. Les éléphants poussèrent des barrissements de joie qui retentirent dans toute la forêt, puis ils retransportèrent Sindbad vers l'arbre où le marchand l'attendait dans la plus grande anxiété.

« Sindbad, noble marin ! s'écria-t-il. Après avoir entendu ces barrissements, je pensais te retrouver mort, piétiné par ces monstrueuses créatures. Mais te voilà indemne, sur le dos de l'une d'entre elles !

– Que toi et tous tes fils viviez dans la plus grande prospérité à jamais, murmura poliment Sindbad. Ces nobles créatures ne m'ont à aucun moment voulu de mal. Mais elles m'ont confié un secret. Un secret qui vous apportera une richesse inouïe », et Sindbad expliqua au marchand pour quelle raison il n'aurait plus jamais besoin de tuer des éléphants.

Bien sûr, le marchand voulut couvrir Sindbad d'argent et d'ivoire au-delà de toute imagination, mais Sindbad, nous le savons, n'avait qu'un seul désir au fond de son cœur : celui de prendre son souper à l'heure et de se coucher dans son lit. Aussi le marchand lui offrit-il une place sur le prochain bateau qui viendrait chercher un chargement. Et avant que la lune ait crû et décru deux fois, Sindbad se retrouva à Bagdad, devant le calife. Il s'inclina profondément avec toutes sortes de salutations et de compliments, et lui offrit une grosse quantité d'ivoire, ce qui mit le calife de très bonne humeur.

«Je vois que ce fut un voyage très profitable, fidèle Sindbad. Peut-être maintenant vas-tu pouvoir jouir d'un repos bien gagné», dit le calife. Puis il fit venir le porteur de la cassette royale et donna à Sindbad un gros sac d'or, plusieurs gobelets en argent, un oiseau au chant des plus délicats, un tapis de la laine la plus fine, quelques grenadiers, un paravent finement ajouré et une quantité d'autres babioles. Sindbad repartit chez lui en chancelant sous le poids des cadeaux et, après une excellente nuit passée dans son lit, il se retrouva au bazar, en train de raconter à tout le monde ses aventures à l'île aux éléphants, devant une tasse de délicieux café fumant.

Le cheval enchanté

Il était une fois, il y a de très, très nombreuses lunes, un empereur de Perse fasciné par la science, la géométrie et tout ce qui avait trait à la mécanique. Par-dessus tout, il aimait ce qui était mystérieux et hors du commun, aussi la cour du palais était-elle toujours remplie d'inventeurs étranges et de magiciens, qui, tous, cherchaient à attirer son attention.

On lui offrait de nombreux cadeaux – des oiseaux mécaniques qui chantaient sans s'arrêter, des orchidées qui fleurissaient chaque matin d'une couleur différente, des sabliers et des fontaines de marbre d'où jaillissait une eau couleur d'arc-en-ciel, des verres à jus de fruits taillés dans des diamants, ou des livres enluminés qui parlaient quand on les ouvrait. La chambre aux trésors était pleine à craquer, et le grand vizir de la cour s'arrachait les cheveux en essayant d'étaler toutes ces curiosités de façon que l'empereur puisse les voir selon son bon plaisir.

C'était l'anniversaire de l'empereur. Après le

petit déjeuner, on le transporta dans son trône en forme de paon dans la cour du palais. Il était splendide à voir : ses vêtements étaient tissés d'or, et sa couronne incrustée d'émeraudes étincelait dans le soleil.

Les gens se bousculaient pour être les premiers à offrir leurs cadeaux. L'air était rempli de musique et de tintements de cloches, et le chant des oiseaux se mêlait aux cris et aux appels, chacun souhaitant attirer l'attention de l'empereur. De doux parfums flottaient dans l'air et le sol était jonché de pétales de fleurs. L'excitation était à son comble.

Soudain, la foule s'écarta, en même temps qu'un grand silence se faisait. Un vieillard très étrange, d'une laideur extrême, s'approchait, menant un grand cheval noir. Quand ils furent plus près, l'empereur vit que ce n'était pas un vrai cheval, mais qu'il était fait d'ébène polie. Le vieillard, en réalité un magicien aussi maléfique que puissant, s'agenouilla et embrassa le sol devant le trône en forme de paon.

« Qu'est-ce donc que ce noble animal que tu m'amènes là ? demanda l'empereur. Je présume qu'il renferme quelque secret caché.

– Certes, ô très puissant empereur, murmura le vieillard, c'est un cheval volant. Il peut transporter un cavalier sur son dos dans n'importe quel endroit du monde. »

Malgré toute sa passion pour les choses merveilleuses, l'empereur ne croyait jamais une affirmation avant de l'avoir vérifiée de ses yeux. « C'est vraiment un animal extraordinaire si ce que tu prétends est vrai, dit-il au vieillard. Enfourche ton cheval, et rapporte-moi une pousse de bambou du bosquet qui se trouve au pied des montagnes, là-bas », poursuivit-il en pointant le doigt vers une lointaine direction. Le vieillard s'inclina profondément, monta sur son cheval qui s'éleva en un rien de temps dans les airs et vola au-dessus de la foule ébahie. Quelques instants plus tard, il fut de retour, et déposa une pousse de bambou fraîchement coupée au pied du trône. « Ton cheval est vraiment remarquable. Quelle récompense veux-tu en échange de ton cadeau ? demanda l'empereur, surexcité.

– Je ne souhaite que deux choses, dit le vieillard

avec un sourire plein de ruse – qui n'échappa pas à l'empereur. Dix cassettes d'or, et la main de votre fille, la princesse Jasmine. »

La consternation put se lire sur tous les visages, et en particulier sur celui de l'empereur, qui avait très envie du cheval, mais n'était certainement pas prêt à livrer sa charmante fille à un inconnu. « Tu auras ton or. Tu peux même en avoir vingt cassettes. Mais ne me demande pas ma fille. C'est impossible. » La princesse Jasmine commença à pleurer tandis que les deux hommes discutaient. Elle savait à quel point son père avait envie du cheval d'ébène, mais l'aspect de ce vieillard ne l'inspirait pas du tout.

Le frère de la princesse Jasmine, le prince Youssouf, avait observé le magicien très attentivement et il avait remarqué que, lorsqu'il était monté sur son cheval d'ébène, il avait actionné vers le haut une manette qui se trouvait du côté gauche de l'encolure. Pensant que son père aurait plus de chance de convaincre le vieillard d'accepter les vingt cassettes d'or si le cheval n'était pas à proximité, le prince sauta sur son dos et tourna la cheville. L'animal s'éleva dans les airs et disparut.

Un brouhaha monta de la foule. L'empereur ordonna à ses gardes d'arrêter le vieillard, mais celui-ci avait profité du désordre pour s'éclipser. La princesse Jasmine, bien que soulagée d'avoir échappé à un mariage funeste, fut bouleversée par la disparition de son frère. L'impératrice s'était évanouie et ses servantes se lamentaient.

Le grand vizir hocha la tête avec gravité, et il alla épousseter les oiseaux mécaniques.

L'anniversaire de l'empereur se terminait bien lamentablement.

Mais le prince Youssouf, lui, volait sur le cheval d'ébène et s'émerveillait de voir toute la Perse étalée à ses pieds comme un immense tapis. Il réalisa soudain avec des sueurs froides qu'il ne savait absolument pas comment ramener sa monture à terre. Il tordit la cheville d'un côté et de l'autre, mais cela fut sans effet. Pris de panique, il passa la main tout autour de l'encolure. Soudain, à sa grande joie, il découvrit une autre manette du côté droit. Il la tourna. Lentement, le cheval commença à descendre. Le prince Youssouf aperçut un gigantesque palais au milieu d'un superbe jardin, plein de fontaines et de statues. « Je suis sûr qu'une fois que j'aurai expliqué qui je suis, tout ira bien. Je pourrai alors retourner chez mon père qui doit s'inquiéter pour moi », pensa-t-il. Il guida délicatement le cheval d'ébène dans cette direction et le fit atterrir derrière un pavillon doré, près d'un bassin bleuté. Il percevait de légers rires et des voix feutrées, et il s'avança pour jeter un coup d'œil au coin des paravents dorés.

Des coussins de soie précieuse étaient empilés autour du bassin, et là se tenait la plus belle jeune fille que Youssouf ait jamais vue. C'était sûrement une fille de roi. Ses servantes étaient assises auprès d'elle, bavardant tout en buvant des jus de fruits et en grignotant des sucreries. Le prince Youssouf contourna le paravent. Les servantes poussèrent des cris, mais la princesse regarda calmement ce bel inconnu qui semblait être tombé du ciel. «Jeune homme, est-ce dans vos habitudes de débarquer ainsi, sans escorte et sans avoir été annoncé ? » À ses vêtements, elle pouvait voir que c'était une personne de qualité, mais où donc étaient ses serviteurs ?

Le prince Youssouf s'inclina très bas. « Ô la plus belle des fleurs du désert ! Vous avez devant vous le prince Youssouf, fils de l'empereur de Perse. Je suis venu jusqu'ici sur un cheval enchanté, et je suis descendu jusqu'à votre palais car je souhaitais juste me rafraîchir. Mais vous avez ravi mon cœur, et je ne puis m'en aller sans au moins connaître votre nom, ô perle du plus profond des océans ! » (Il savait tourner ses phrases, le prince Youssouf, n'est-ce pas ?)

« Je suis la princesse Laïla, et mon père m'a promise en mariage au prince des Indes. Je doute qu'il soit enchanté de vous découvrir ici, dit la princesse en faisant cependant un grand sourire au prince Youssouf. Le prince des Indes est très vieux, précisa-t-elle.

– Alors, venez avec moi ! Mon cheval enchanté nous ramènera en Perse, et mon père vous accueillera comme ma fiancée », cria Youssouf, qui en prenait à son aise avec les projets que son père aurait pu avoir pour lui.

La princesse Laïla se leva gracieusement de ses coussins et mit sa main dans celle du prince, qui la conduisit au cheval d'ébène. Il la mit délicatement en selle, grimpa devant et tourna la cheville de gauche. Ils s'élevèrent dans le ciel et prirent rapidement la direction de la Perse. Le cheval filait dans la nuit, tandis que les étoiles scintillaient autour d'eux et que les rayons de lune se reflétaient dans l'ébène polie du cheval. Au lever du jour, Youssouf tourna la cheville de droite et ils commencèrent à descendre. Le prince ne souhaitait pas arriver avec sa belle princesse sans prévenir, aussi fit-il atterrir le cheval dans le palais d'été, à l'extérieur de la ville. Là, il laissa Laïla se reposer, tandis qu'il partait devant pour préparer son arrivée. Malheureusement, le méchant magicien, qui scrutait le ciel nuit et jour à la recherche de son cheval d'ébène perdu, les avait aperçus.

Revêtu de ses plus beaux atours, il vint trouver la princesse. S'inclinant profondément, il lui dit que le prince l'avait envoyé pour l'emmener à l'intérieur de la cité. « Le très noble prince a pensé que vous ne sauriez peut-être pas contrôler le cheval. Je suis la seule personne, à part lui, qui comprenne son fonctionnement », dit-il en souriant. C'était vrai, bien sûr, mais la pauvre princesse ne pouvait pas savoir pourquoi. Elle monta à cheval derrière lui, et ils s'envolèrent.

Loin au-dessous d'elle, la princesse Laïla aperçut un immense palais de marbre blanc qui brillait. Elle vit aussi une longue file de chevaux et de chameaux en sortir, menés par de fiers soldats aux cimeterres étincelants, et, en tête du cortège, elle vit son prince Youssouf ! Laïla se rendit alors compte qu'elle avait été trompée par le vieillard. Elle se mit à pleurer.

« Assez de simagrées ! grommela le vieux magicien. C'est moi qui ai fabriqué ce cheval magique. Ton cher prince me l'a volé, aussi j'ai décidé de lui voler sa fiancée », dit-il en guidant son cheval loin, très loin du palais.

La malheureuse princesse eut l'impression qu'ils volaient pendant une éternité.

Au crépuscule, le voleur finit par faire atterrir le cheval à la lisière d'une forêt. Ils avaient atteint le royaume de Grèce. Or, au même moment, le roi revenait de la chasse. Lui et ses gardes aperçurent la princesse Laïla et le magicien alors que ce dernier venait de faire apparaître un feu pour le souper. Le roi n'aima pas trop l'allure du magicien (souvenez-vous, il était très laid), mais il fut sous le charme de la princesse. Aussi, quand elle se jeta à ses pieds pour lui déverser quelque terrible histoire de chevaux enchantés et d'enlèvement, fut-il tout prêt à la croire. Il fit jeter le vieil homme au fond d'un cachot et nous n'en entendrons plus jamais parler. Puis il ramena la princesse à son palais et l'installa dans ses appartements d'honneur. Il rangea le cheval d'ébène dans sa chambre aux trésors, ne se doutant pas de son inestimable valeur.

Le lendemain matin, la princesse se réveilla fraîche et rose, et de très bonne humeur : elle était sûre que le roi des Grecs l'aiderait à retourner en Perse et que ce serait la fin de tous ses malheurs. Hélas ! le roi des Grecs avait décidé qu'il épouserait Laïla, et il avait fait faire tous les préparatifs pour que la cérémonie ait lieu l'après-midi même. « Je suis certain qu'à la réflexion vous ne trouverez que des agréments à un tel arrangement », l'encouragea-t-il, tandis qu'on la ramenait, pleurant à chaudes larmes, dans les beaux appartements d'honneur.

Une fois seule, la princesse s'arrêta de pleurer et commença à réfléchir à la manière dont elle pourrait se tirer d'une si pénible situation. Elle décida de simuler la folie et, quand les servantes arrivèrent pour l'habiller en vue du mariage, elles la trouvèrent poussant des hurlements, s'arrachant les cheveux et griffant tout ce qui passait près d'elle. Le mariage fut repoussé de quelques jours.

Pendant ce temps, le prince Youssouf, dans tous ses états, parcourait la Perse à la recherche de sa fiancée perdue. Elle semblait avoir disparu de la surface de la terre. Mais, un jour, il surprit une conversation entre des marchands au bazar.

« Le roi des Grecs a-t-il déjà épousé sa belle princesse ? demanda l'un.

– Non, il paraît qu'elle n'a pas recouvré la raison, répondit l'autre.

– Est-il vrai qu'elle est arrivée en Grèce sur un cheval d'ébène ? » s'enquit un troisième.

Le prince Youssouf supplia les marchands de tout lui dire sur le roi des Grecs et sa fiancée folle, et surtout le nom de la ville où la princesse Laïla se trouvait maintenant.

Le prince sella son cheval et galopa nuit et jour jusqu'à ce lieu. Là, il se déguisa en médecin et se présenta à la cour du roi des Grecs.

« Votre visite tombe à point, docteur, dit le roi. Je dois me marier à la plus belle des jeunes filles, mais elle se trouve dans un tel état de détresse que personne ne peut s'en approcher sous peine d'être blessé. Grande sera votre récompense si vous pouvez la guérir. »

Le roi conduisit Youssouf aux appartements d'honneur. De loin, Youssouf entendit des bruits de vaisselle cassée et de forts gémissements. Une servante échevelée sortit, refermant soigneusement la porte derrière elle.

« Comment se porte mon pauvre lis du désert, aujourd'hui ? demanda le roi anxieusement.

– Son état empire, ô très puissant roi, répondit la servante, et Youssouf remarqua une longue égratignure sur le bras du roi.

– Vous voyez, reprit celui-ci. Je désespère qu'elle puisse jamais guérir. Je vous en prie, faites tout ce qui est en votre pouvoir. »

Youssouf ouvrit la porte et se glissa dans la pièce. Quel spectacle de désolation ! Des tessons de vaisselle brisée jonchaient le tapis et les plumes de coussins lacérés volaient en tous sens. Des lambeaux de rideaux pendaient aux fenêtres, les tables et les chaises étaient renversées sur le sol. La princesse simulait la folie à la perfection. Elle était accroupie dans un coin de la pièce, ses vêtements déchirés ; on aurait dit que des oiseaux avaient niché dans ses cheveux. Lorsque Youssouf s'approcha d'elle, elle se remit à gémir, mais s'arrêta brutalement lorsqu'elle le reconnut.

« Est-ce vraiment vous, ô lumière de mon cœur ? demanda-t-elle, osant à peine croire que c'était bien son prince.

– Ô délice de mes yeux, c'est bien moi ! Comme vous avez été rusée ! Mais vous devez encore faire semblant, le temps que j'organise votre fuite, murmura Youssouf. Soyez courageuse, ma bien-aimée. »

Il chiffonna ses vêtements, mit son turban de travers et retourna vers le roi qui l'attendait anxieusement.

« Ô très noble roi, je vois exactement ce qui ne va pas avec votre fiancée. Elle est possédée par un djinn. À mon avis, seul le cheval enchanté sur lequel elle est arrivée pourra l'en délivrer. Faites emmener le cheval et la princesse au bord du lac. Il faudra aussi faire allumer plusieurs grands feux, afin que la fumée chasse le djinn », et disant cela, Youssouf s'inclina très bas, pour dissimuler son sourire. Le roi, rempli d'espoir, fit faire les arrangements nécessaires en toute hâte. Le cheval d'ébène fut conduit au bord du lac. D'énormes foyers furent allumés et, lorsque la fumée s'éleva très haut, la princesse fut amenée par les gardes du roi. Youssouf tourna autour des feux en murmurant des incantations, rejoignit le cheval en bois et cria quelques mots en persan.

« Tu vois quel grand médecin il est, dit le roi au chef des gardes. Il parle plusieurs langues. »

Youssouf prit la princesse dans ses bras et la hissa sur le cheval. Il grimpa derrière elle et, caché par la fumée, il tâta l'encolure du cheval et tourna la cheville de gauche. Le cheval s'éleva dans le ciel nocturne. Avant que le roi ébahi et ses gardes aient eu le temps de comprendre ce qui se passait, le prince Youssouf et la princesse Laïla disparurent.

Le prince conduisit le cheval vers la Perse et, cette fois, il atterrit sain et sauf à l'intérieur des murs du palais de son père. L'empereur fut au comble du bonheur en revoyant son fils, et l'impératrice s'évanouit de nouveau, cette fois de pur délice. Le mariage du prince Youssouf et de la princesse Laïla fut célébré le lendemain même, et les fêtes durèrent plusieurs jours.

Le prince avait envoyé des messagers au père de Laïla, porteurs de nombreux cadeaux et d'une invitation à se joindre aux célébrations, et tout le monde fut heureux. Le cheval enchanté fut placé dans la cour d'honneur à la vue de tous, mais personne ne fut le moins du monde tenté de le chevaucher à nouveau.

Et ils vécurent tous à jamais dans la plus grande félicité.

Comment Shéhérazade et le roi Shahriyar vécurent heureux pour toujours

Durant mille nuits, Shéhérazade divertit Shahriyar de ses contes merveilleux. Elle lui raconta l'histoire des Oiseaux, des Bêtes et du Charpentier, et celle de Ce que fit une goutte de miel. Elle lui raconta la Reine des serpents et le Chat et la Souris. Le roi écoutait, comme envoûté, l'histoire du Jeune Roi des îles Noires et celle de Sidi Nouman, et le conte de la Princesse Gudur, et celui de Lune des Lunes. Sans oublier la légende de Sumurrud le Magnifique et d'Ali Shar, fils de la gloire. Oh, la liste était interminable ! Et Shéhérazade prenait toujours grand soin d'arrêter son histoire juste au lever du soleil, au moment le plus palpitant, et de cette façon sa vie était épargnée pour une nouvelle nuit.

Mais la mille et unième nuit, elle finit le conte du Cheval enchanté exactement au lever du jour. Elle était assise, les mains sur les genoux, et regardait le roi avec un tendre sourire.

« Pendant mille nuits, ô noble roi, je vous ai enchanté de mes contes. Je vous ai fait rire, je vous ai fait vibrer d'admiration et pleurer de tristesse devant la folie des hommes. Je vous ai fait voyager sur des tapis magiques jusqu'à des pays de légende. Je vous ai enveloppé de parfums d'épices et de fleurs sauvages, tandis qu'au gré de mes contes vous vous retrouviez dans des bazars encombrés ou dans de paisibles jardins. J'ai peuplé votre sommeil de myriades de rêves de djinns, de lampes magiques et de grands chevaux volant à travers le ciel. Et quand les étoiles s'éteignaient au firmament, au-dessus des minarets de ce palais, vous m'avez donné un autre jour à vivre. Maintenant, je n'ai plus d'histoires à raconter. »

Elle se tut, et Shahriyar réalisa soudain que pas une seule fois Shéhérazade ne lui avait déplu, pas une seule fois elle n'avait demandé la moindre récompense ou pensé à elle-même. Il eut honte.

« Ô ! la plus excellente des femmes, j'ai depuis longtemps oublié le vœu funeste que j'avais fait dans un moment de grande colère tant a été puissante la magie de tes contes. Comment puis-je implorer ton pardon ? demanda-t-il.

– Je vous en prie, ô grand roi, tout ce que je souhaite, c'est l'assurance qu'aucun mal ne sera fait à mon père bien-aimé, murmura Shéhérazade.

– Je ferai plus que t'en assurer. Ton noble père restera à mes côtés en tant que grand vizir pour le restant de ses jours ! affirma le roi. Mais d'abord nous allons solennellement fêter notre mariage, et toi et moi vivrons en paix, pour toujours. »

Et il en fut ainsi.

Vous pouvez penser que c'est la fin de l'histoire, mais non : le roi Shahriyar avait encore une requête à faire à sa reine. « Et maintenant, ma précieuse tisseuse de magie, recommence depuis le début, car je voudrais entendre les contes encore une fois », lui demanda-t-il, l'œil malicieux.

Et Shéhérazade commença :

« Il était une fois, il y a très longtemps, deux frères qui vivaient dans une ancienne ville de Perse… »

Achevé d'imprimer en janvier 2017 sur les presses de la NIL - 58500 Clamecy
Dépôt légal : mars 2005 - N° d'impression : 610445 - N° d'édition : 2016-1918

Imprimé en France